［日］小林清之介／文　［日］高桥清／图　王维幸／译

3

松鼠旗尾的冒险

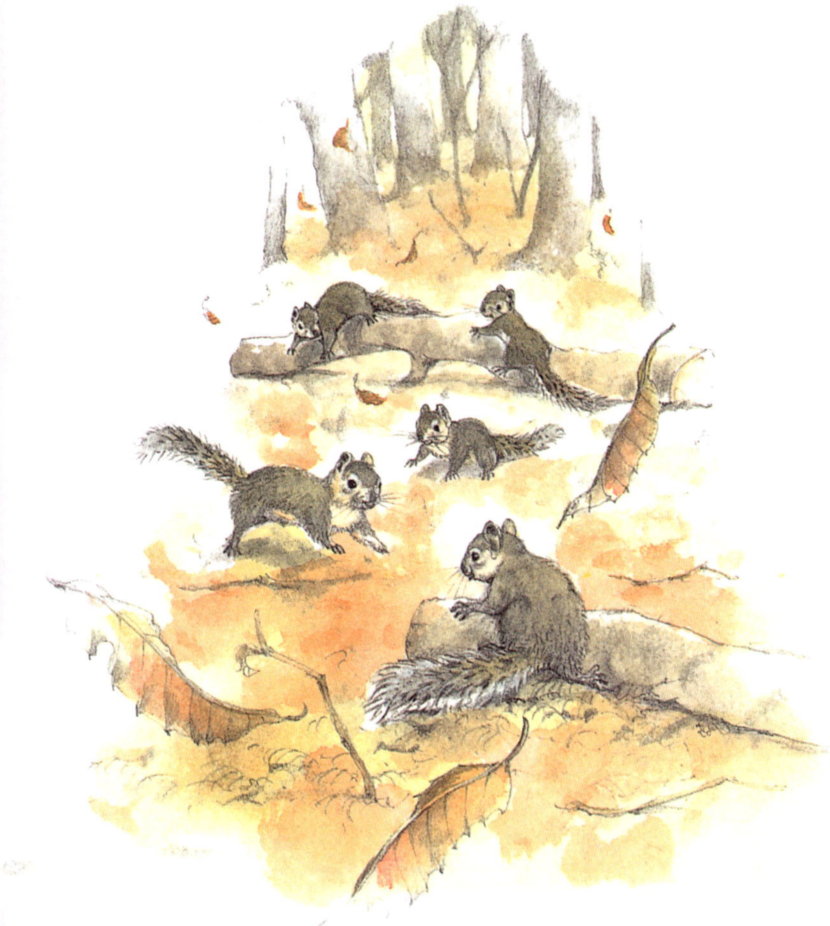

前 言

在北美，有一个名叫西顿的大叔，他非常喜欢动物。

他常常观察动物，还写了很多动物故事，除了狼、狗熊和鹿以外，还有许多其他的动物。

他的故事不仅生动有趣，还活灵活现地描绘了动物们的生活状态。

我没有家

“咦？好奇怪的声音啊！”

小松鼠停下来，竖起耳朵。

“噼啪，噼啪，噼啪，噼啪——”

一阵阵炸裂的声音传进耳朵。

不光是声音，远处还冒起了滚滚的黑烟。

浓烟眼看着弥漫开来，还窜出了熊熊的火焰。着火了！是储藏室着火了！

人们大喊着冲过来。马也像发疯一样叫起来。

小松鼠吓得赶紧逃。它跑到远处，爬上一棵大树，心惊胆战地注视着眼前的事态。

火怎么也扑不灭，仍在“噼噼啪啪”地呼呼燃烧。

火从一大早就在烧，直到中午才熄灭。

“啊，吓死我了。”

小松鼠战战兢兢地回到废墟旁。

小松鼠被饲养在一户农家，当它还是个小宝宝的时候，就被一个淘气的孩子从窝里抓来了。

被带回农家后，它在猫妈妈的哺育下逐渐长大。

小松鼠对人也很亲近，成了这户农家里的一分子。

今天的火就是它在田里玩耍的时候发生的。

“啊，我的家没了。”

小松鼠跟猫妈妈一起住的储藏室没有了，人们住的大房子也没有了。

眼前空荡荡的，只剩下烧焦的木头散落在地上。

猫妈妈到底去哪儿了呢？小松鼠到处找，可是怎么也找不着。

人们也顾不上小松鼠，两三天后大家全不见了，不知都去了哪里。

小松鼠弄不清火灾是怎么回事，房子为什么没了，猫妈妈为什么不见了，人们为什么走了……这些它都弄不明白。

它只明白一件事，那就是它只剩下孤零零的自个儿了。

“我该怎么办呢？”小松鼠发起呆来。

远处有一片黑森林，小松鼠觉得森林里的大树正在向它召唤：

“到这儿来，快到这儿来。”

对啊，就去那儿。在那儿生活也不错。

在一种神奇力量的召唤下，小松鼠朝森林走去。

小松鼠哪里知道，其实，那里正是它的故乡。

蓬松松的尾巴

以前，小松鼠都是吃玉米或鸡食生活的。可接下来，它得独自寻找食物了。

小松鼠就从树皮下面找虫子吃，这种虫子是天牛的幼虫。小松鼠连挂在树枝上的蓑虫都揪下来尝一尝。蜜蜂采的蜜它也去舔一舔，橡子和槲树的果实它也要尝一尝。

就这样，它一点点适应了森林里的食物。

日子过得很快，小松鼠已经完全长大了。

咦，尾巴怎么这么蓬松啊！

以前可只是一条连毛都很少的细尾巴呢。

现在却长成了一条蓬松松的大尾巴了。

这是它已经成年的标志。

松鼠把尾巴衔在嘴里，用牙齿梳着毛，就像人类用梳子梳头发一样……

咦，松树脂怎么沾到身上了？苔藓和泥巴也沾到了身上。

松鼠一遍又一遍地舔着脏东西，清理着身体。

尾巴彻底变干净了。

呀，真漂亮！

松鼠让蓬松的尾巴膨胀得满满的，像一面旗子一样摇来摇去。

松鼠为什么这么爱惜尾巴呢？因为尾巴就是松鼠的降落伞。

大家都知道降落伞吗？就是人类从飞机上往下跳时背的那种大伞。

从空中落下时，这种伞会像蘑菇一样“啪”的一下打开，轻飘飘地把人带到地面上。

松鼠也有很多种。

这只松鼠是灰松鼠。灰松鼠的尾巴比任何松鼠的尾巴都要粗、都要大。

从现在起，我们就给这只尾巴像旗子的松鼠取一个名字，叫“旗尾”。

每到秋天，成熟的橡子都会“吧嗒吧嗒”地从树上掉下来。

松鼠会把这些橡子捡起来，仔细地储藏起来，留到寒冷的冬天时再吃。

红松鼠会把橡子藏进树洞，花松鼠会把它们藏进地下室。

灰松鼠则会挖一个10厘米深的洞，把橡子埋进洞里。

一个洞只埋一个橡子。

这种埋法是从妈妈那儿学来的，每个灰松鼠都一样。

可是，旗尾是被猫妈妈养大的，所以它不会埋。

怎么办才好呢？

它干脆把橡子藏到小树枝下，或者是草丛里。再或者丢到地上，在上面盖一些落叶或是垃圾。

有一次，它还挖了一个很浅的洞，把橡子藏了进去。

他还捡了很多个头跟橡子差不多，可味道却比橡子好得多的山核桃，埋得到处都是。

看你还往哪儿逃！

冬天来了。雪一天接一天地下着，旗尾就睡到了树洞里。

天冷时最好的办法就是睡懒觉了。

可它也不是一直都在睡。它不时会醒来，到树洞外去逛逛。

今天也一样，它钻出洞一看，雪已经停了。

太阳淡淡地照着。

旗尾睡了三天，肚子有点儿饿了。

它抽动着鼻尖，闻到了食物的味道。

地上积着厚厚的雪。可是，旗尾照样能从雪上面闻出食物的气味来。

旗尾用前脚挖着雪。

“嗨哟嗨哟嗨哟——”

身子眼看着消失到雪里了。

只有尾巴在摇摆。不一会儿，连尾巴都沉了下去。

找到了！

旗尾从土里挖到了一个大山核桃。

接着，它又用同样的办法，找到另一个山核桃，还找到一个橡子。旗尾爬上树，吃着三个坚果。

啊，真香啊！

肚子也填饱了。

不过，像这样钻到雪下面找食物是很危险的。需要不时回到上面查看有没有危险。

因为，说不定就有一个危险的敌人在盯着你呢。

瞧，说曹操曹操到。忽然，一个影子从歪倒的树上闪现出来。是一只褐色中夹杂着白色的动物。

再仔细一看，它的后背是褐色的，前胸是白色的。

原来是个小不点儿啊。个头儿比旗尾还要小呢。可是，你别看它个头儿小，可千万不能大意。因为它正瞪着眼睛，盯着旗尾呢。

哇，表情好可怕！

没错！这个小不点儿就是黄鼠狼。这家伙可凶残了，会把其他动物咬死，吸血……得赶紧逃！

旗尾纵身一跳，跳到两米多高的树上。

“哧溜哧溜”，几下就爬到了高高的树梢上。

“吱，吱，吱，哪儿逃！”

黄鼠狼立刻追了上来。

旗尾轻轻一跳，从树梢上跳到另一棵树上。黄鼠狼也跟着跳了过去。

追逐游戏还在继续。

黄鼠狼龇着牙，紧追不舍。这可怎么办呢？

旗尾想出一个好主意。

它纵身一跃，从一棵大槲树跳到了另一棵树上。一下跳出两米多远。

然后回过头来，“咕噜，咕噜，咕噜噜噜”地叫起来，仿佛在说，“喂，有本事就过来啊。”

黄鼠狼顿时火了。它忘记了自己根本就跳不了那么远，也纵身一跳。

这下可玩儿砸了。黄鼠狼没能跳过去，反而从二十多米高的地方滚落下来，重重地向地上摔下去。

结果，它没掉到松软的雪上，而是先砸到了歪倒的树上，然后才掉到了地上。

这可怎么受得了。

“呃！”

黄鼠狼顿时昏死过去，软绵绵地躺在雪地上。

啊，吓死宝宝了。

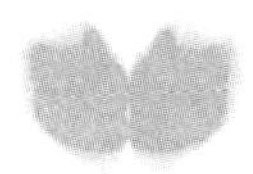

新娘和孩子们

有一天，旗尾发现了一只温柔的雌灰松鼠，就大声地唱起歌来，“库哇，库哇，库哇，库哇啊啊啊啊——”

然后，雌松鼠就来到了它身边，也用同样的声音唱起歌来。

旗尾就跟雌松鼠相亲相爱地生活在一起了。

旗尾娶雌松鼠做了新娘。

由于这只雌松鼠长着一条银灰色的尾巴，所以从现在起，我们也给它取一个名字，叫“银灰”。

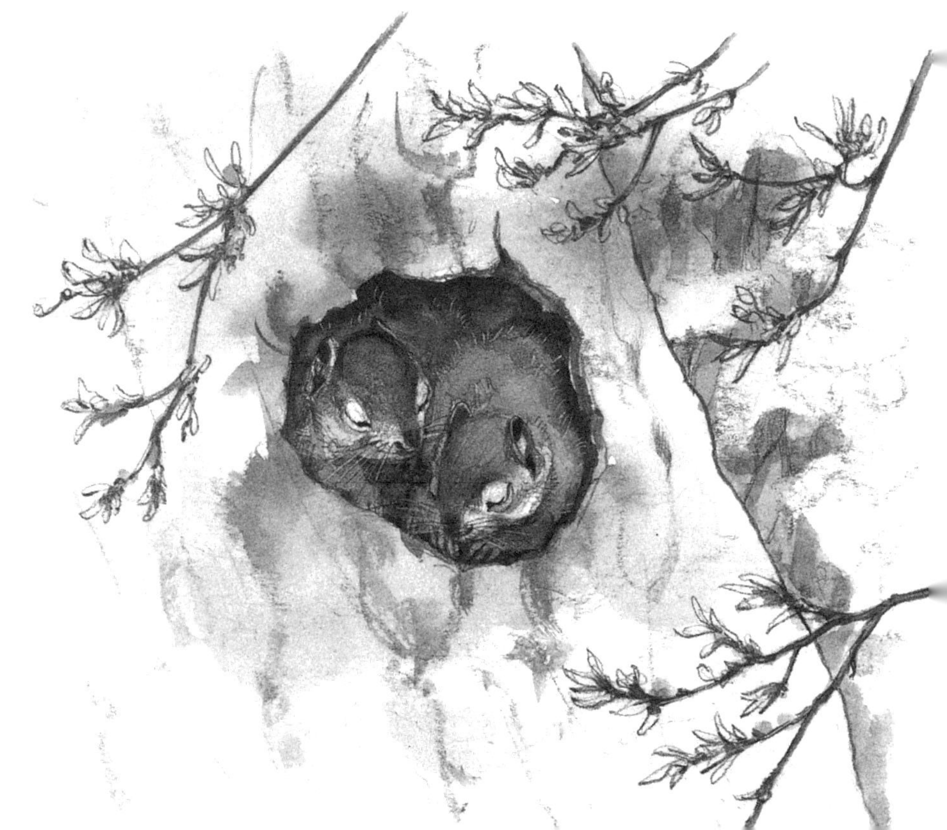

现在已经是春天了。

旗尾和银灰在树干上做了一个洞。

树干上原本有一个小洞。小洞周围腐烂得厉害，于是，旗尾和银灰就连咬带挖，把小洞做成了一个大洞，当成了两个人的家。

得弄得更舒适一些才行。那就弄些东西铺到里面吧！

两只松鼠轮流着把各种东西往家里搬。

树皮、松叶、樵夫们冬天丢弃的衣服碎片、鸟毛、羊毛、小树枝……

它们把所有东西都铺到洞里，做了一个软软的窝，舒服极了。

不久，银灰就在这窝里，生下了三个可爱的松鼠宝宝。

又过了一些日子，夏天来了。

松鼠宝宝长得真快。虽然尾巴还很细，可灰色的毛已经很厚了，爪子也很锐利。

它们经常从窝里跑出来，在树干上爬上爬下，玩儿得很开心。

松鼠妈妈银灰教给孩子们各种智慧。

有哪些智慧呢，比如：

“如果听到人类呱嗒呱嗒的脚步声，可千万不要好奇地去看。因为人类有猎枪。你们一定要乖乖地

待在洞里或是高高的树梢上。

“当天上有老鹰盯着你们的时候，你们一定要跳进草丛或者洞里，中间决不能停下。

“喝水要到小河里去喝，不许去池塘。因为池塘里会有鳖（甲鱼的同类），会咬你们的。还有，天热的时候，那里还会藏着可怕的黑蛇呢。

“傍晚时，不要到外面走动，因为会有狐狸和黄鼠狼在外面徘徊。晚上还会有猫头鹰，一定要小心……”

在妈妈的教育下，三只小松鼠变得聪明起来。

奇怪的蘑菇

旗尾在松林里遇见一只红松鼠。

“啊，灰松鼠！”

红松鼠一看到旗尾，连忙爬到了树上。

因为在很久以前，红松鼠跟旗尾打过一架。当时它被旗尾狠狠教训了一顿，逃走了。

今天也不例外，红松鼠一面抱怨着，一面又顺着树逃走了。

不过，它却在身后丢下了一样东西——一个蘑菇。

红色的伞盖，雪白的伞柄，看上去很好吃。不过，却有一种怪味。

旗尾正好肚子饿了。它实在忍不住，就偷偷地咬了一口。

“真好吃。”

最后它把蘑菇全吃了下去。要是肚子不饿的话，它肯定不会去吃的……

结果，也不知怎么回事，旗尾忽然胆子大了起来。

跟谁都想打一架。

“库哇！”

旗尾大声叫着，仿佛在说：

“喂！不怕死的都给我过来！”

它像一个醉汉一样到处撒野。

还朝天空的老鹰挑衅。

幸亏老鹰没发现它飞了过去。

旗尾又是追蛇，又是欺负啄木鸟。

渐渐地，旗尾终于疲倦了，有气无力地回到了自己的窝。

它只觉得头很疼，心口恶心，浑身难受。

旗尾吃够了苦头，以后再也不敢吃那种奇怪的蘑菇了。

其实，那是一种毒蘑菇。红松鼠都是把毒蘑菇晒干，等毒没了以后再吃的。旗尾哪儿懂得这些，生着就给吃掉了。

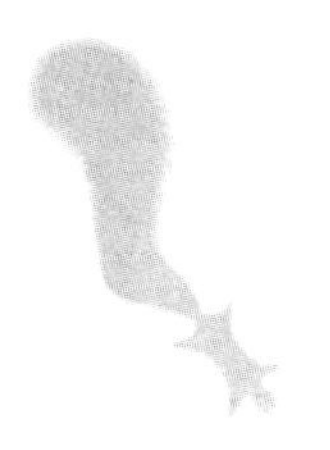

像降落伞一样的尾巴

当可怕的敌人来袭的时候，守卫的任务就落到了旗尾的肩上。今天就来了一对大老鹰。

两只老鹰一雄一雌，十分凶残。在此之前，它们已经抓了很多鸟兽，都给吃掉了。

旗尾一点儿都不害怕。因为它已经被老鹰追击过好多次了。

当老鹰扑来时，旗尾会灵巧地一闪，闪到树后。由于扑得太猛，“扑通”一声，老鹰竟把自己撞到了树干上，还让树枝给弄伤了。

旗尾很喜欢玩儿这种游戏。今天也一样，它躲到树干后面，还“咕噜噜噜，咕噜噜噜”地叫起来，发出嘲笑的声音，仿佛在说：

“喂，过来啊。”

每当这时，老鹰都会火冒三丈，鲁莽地扑上来。

然后再次失败。

可是，今天的情况却有点儿不一样。

老鹰一面围着树打转转，一面“也库，也库，也也也也库”地大声叫着。

接着，老鹰突然一掉头，又朝旗尾扑过来。

旗尾左躲右闪，一面巧妙地躲着老鹰的爪子，一面围着树转。也不知转到多少圈时，眼前忽然又出现了一个可怕的东西——雌老鹰。

刚才雄鹰发出的声音其实是在呼唤雌鹰。

原来，雌鹰早就悄悄地飞过来，等着旗尾了。

鹰这种鸟雌的比雄的个头儿还大。当然，力量也更强。

糟了！

旗尾迅速绕到对面。

可对面正是雄鹰的眼皮底下。

旗尾把大尾巴猛地一甩，朝雄鹰的金色眼睛狠狠抽去。

疼死我了！

雄鹰一慌，没抓着。

旗尾一转身，又绕了一圈。这下又转到了雌鹰跟前。雌鹰伸出锐利的爪子。

完了！

雌鹰三根刀子般的爪子抓到了旗尾的腰上。旗尾的妻子银灰一直在窝里关注着形势。

啊，糟了！没命了！

银灰正担心时，旗尾却一下从树干上跳了下来。

它把蓬松的尾巴当作降落伞，朝下面不断落去。

它跳得太快了，连两只老鹰都追不上。

旗尾一下跳进了茂密的树丛。

茂密的树枝和树叶立刻就把旗尾藏了起来。

腰上流下来的血拉成了一条线。可是，这点儿伤是打不败旗尾的。

两只鹰在天空盘旋，在旗尾掉下去的地方寻找着，可是怎么也找不着。最后只好放弃，飞走了。

旗尾想：以后可不能再这么逗老鹰玩儿了。万一有个闪失，自己可就没命了……

今天真是太惊险了。

黑蛇的罗网

今天很热。

旗尾、银灰还有孩子们都在树上午睡。

一个孩子醒来。

啊，嗓子好渴啊，去喝点水吧。

它“哧溜哧溜”地下了树。

大家平时喝水的地方都是小河。

可小松鼠今天却朝附近一个池塘走去。

被炽热的阳光一照，松鼠就会浑身发软，头发晕。

可是，也有一些动物被太阳晒后会格外精神，那就是蛇。

现在，池边的圆木头上正盘着一条黑蛇。

它一动不动，看上去就像死了一样。其实，它正悄悄注视着小松鼠的一举一动呢。

睡在树上的松鼠妈妈直起身子。

咦？这孩子要去哪儿呢？

她正在纳闷儿，可是已经晚了。

蛇朝小松鼠猛扑过来，像绳子一样的身体哧溜一下飞了起来，一下把小松鼠的脖子和腰缠了起来。

“库哇！”

小松鼠大叫起来。

用松鼠的语言在喊：“救命啊！”

银灰立刻从这棵树跳到另一棵树上，直到池塘旁边，“啊呜”一口朝蛇身上咬去。

蛇一哆嗦，身子仍缠着小松鼠，张嘴朝银灰的脖子咬来。

“库依——”

银灰发出痛苦的哀鸣。

旗尾猛然惊醒，用降落伞尾巴一下跳到地上，朝池塘边冲去。

“你这个坏蛋！”

它用前爪一把抓住蛇的脖子，狠狠地咬去。

旗尾尖利的牙齿深深地咬进了蛇的肉里。

蛇疼得直哆嗦。

它松开咬着银灰的口，一口咬住旗尾的肩膀。

旗尾并不退让。

因为肩膀是松鼠身上皮最硬的地方。

“混蛋！”

它甩开蛇的嘴巴，朝蛇的喉咙咬去。

这里没有鳞，是蛇身上最柔软的地方。旗尾的牙齿深深地咬进了蛇的喉咙里。

蛇松开缠着小松鼠的尾巴，打着圈往旗尾身上缠过来。然后再次咬住旗尾的肩膀。

这时，银灰“啊呜”一口咬住了蛇头。它的牙齿刺穿蛇的眼睛，扎进了蛇的头里。

蛇发疯般地挣扎。

然后一阵抽搐，像绳子一样缠住旗尾的蛇身渐渐松弛下来。

蛇左右摇晃着头，直挺挺地倒在了地上，只有尾巴在微微颤动。

这时，一只大鳖从池塘里露出头。它一口叼住蛇身，“哧溜哧溜”地拽着，“扑通”一下，把蛇拖进了水里。

旗尾和银灰都受了伤。

不过都伤得不重。昏迷的小松鼠也很快苏醒过来。

太棒了！

旗尾一家一起回到窝里，亲密地挤在一起。

埋果实

秋天到了，树上结了许多果实。今年的果实比往年多了很多。

旗尾、银灰，还有孩子们都在麻利地往地里埋果实。

果实中最大最好吃的就是山核桃。

旗尾每发现一个山核桃，总是先剥掉皮，再用两只前爪掂一掂。

如果太轻，“啊，有虫眼”，它就会立刻丢到一边。

因为这种果实的仁儿都让虫子给吃掉了。

不过，稍微轻点儿的它却不扔。

“哈哈，里面还有虫子呢！”

旗尾会弄破果实，把钻在里面的胖虫子揪出来吃掉。

没虫子的果实它会放进嘴里，用舌头舔几遍，这样核桃就沾上旗尾的气味了。

沾上气味的山核桃就不会被其他灰松鼠偷走了。

旗尾一面用嘴巴叼着山核桃，一面用前爪挖洞。洞正好跟前爪一样深。

然后它把山核桃埋进去，再用鼻尖和前爪盖上土。再在上面放一些小树枝和干树叶。这样，一个山核桃才算埋好。

旗尾小时候不知道山核桃的埋法，吃尽了苦头。

不过现在它却熟练极了。它看过银灰和其他灰松鼠的埋法后就学会了。

银灰和孩子们也都在敏捷地埋着山核桃。

大家差不多埋了有一万个。

到了冬天，灰松鼠会把秋天埋好的山核桃取出来，大口大口地吃起来。

“真香啊，真好吃！”

不过，它们也不是全都能挖出来，总有一些会被遗忘在地里。

到了来年春天，这些被遗忘的山核桃就会生根发芽，不久就会长成山核桃树。

橡子就算是随便丢在地上也会发芽的，可是，山核桃只有埋得深一些才会发芽。

多亏了灰松鼠帮我们深埋，也多亏了它们忘记挖出来，山核桃树才会茁壮成长。

这是不是很神奇呢？

山核桃树是一种非常结实的木材。可是却有一些人用猎枪猎杀灰松鼠。人们太愚蠢了，这么做会妨碍山核桃林的茁壮成长。

西顿与松鼠

西顿写《松鼠旗尾的冒险》是在1924年，当时他64岁。包含《狼王洛波》在内的《我所熟悉的野生动物》的出版是在1898年他38岁的时候，因此，这《松鼠旗尾的冒险》要整整晚了26年。虽然欠缺了一些犀利，却更臻成熟。

此前的西顿十分活跃，收录在《动物记》中的故事此时大部分都已经写完。不过，之后他仍笔耕不辍，直至86岁故去的前一年仍在执笔，这一点我们在《狼王洛波》的解说中已经提到过。

《松鼠旗尾的冒险》是一篇很长的故事，在《动物记》中恐怕也是最长的一篇了。故事

描写了一只松鼠幼年经历了各种苦难，最后茁壮长大的故事，堪称是一篇励志小说。遗憾的是，由于篇幅所限，这里的幼儿版只是介绍了一下梗概。

西顿的少年时代是在加拿大度过的，那里有很多野生松鼠。故事便是穿插着他当时的经历和见闻写成的。他当时曾捉过四只小红松鼠，后来养不了了，就送给了一只猫。令人吃惊的是，那只刚被丢弃了幼崽的母猫竟真的哺育起这些小红松鼠来。

虽然这些小松鼠最终还是死掉了，可这件事却给西顿的内心带来了强烈冲击。《松鼠旗尾的冒险》中的主人公灰松鼠也曾被猫哺育过，就是因为前面所说的这个事实。

西顿曾说过，他在这个故事中最想说的主要是这样一点，即“野生动物是在母亲的哺育下学会生活智慧的，不过，即使没有母亲，在本能这种神奇力量的作用下，动物也能够生存下去”。另外，“有时候动物也会吃一些毒蘑菇等，染上一些恶习，导致灭亡。我们用来做家具的山核桃木基本上都是松鼠帮我们种植的”等。

松鼠与其同类

在故事中被叫做“松鼠旗尾”的主人公是一只灰松鼠。灰松鼠跟红松鼠一样，都是北美地区常见的松鼠。头、躯干长约 23 厘米，尾巴 22 厘米，所以，尾巴差不多跟身体一样长。

日本最大的松鼠——北海道虾夷松鼠的头、躯干总长有 24 厘米，尾巴则是 17 厘米，由此可知，灰松鼠的尾巴到底有多长了。

灰松鼠的毛色是一种略带红色的灰色，后背和头部略微发黑，尾巴尖则是白色的。尾巴粗大而蓬松，从树上跳下来的时候会起到降落伞一样的作用，这一点正文中提到过。

它们生活在离村镇很近的树林里，各地的公园里也均有放养的松鼠。它们对人类十分亲

近，会从人的手里取食物吃。

灰松鼠生活在树上，在野生状态下很少到地面上来。除了山核桃、橡子等树木果实外，它们还会采食野生的水果和树芽等。有时候连昆虫、尤其是藏在树皮下面的天牛幼虫以及鸟巢中的鸟蛋等动物性食物也吃，偶尔还会吃一些雏鸟等。

灰松鼠的巢是树干上形成的洞穴，一般都在距地面 10 米～25 米的高处。如果树洞太小，它们就会用牙齿啃大。另外，在炎热的夏季里，它们还会在树杈等处堆一些小树枝，做一些类似鸟巢的窝，作为休息场所。

初夏季节，雌性灰松鼠会产下 3 只～5 只幼崽，与雄鼠共同养育。由于它们并不像花鼠

那样冬眠，所以会事先采集过冬的食物埋在地下。不过，它们不可能全都挖出来吃掉，总有一部分被漏掉，这些漏掉的树的种子就会在春天发芽，经年累月后便会长成大树。也就是说，它们是在替人类植树造林。

红松鼠的体型比灰松鼠小，头、躯干总长 16 厘米，尾巴长 14 厘米；日本松鼠头、躯干总长 20 厘米，尾巴长 18 厘米，所以，红松鼠比日本松鼠还要小。不过，不可思议的是，据观察，一旦灰松鼠与红松鼠争斗起来，多数情况下都是红松鼠获胜。自然界中不可思议的现象真的是太多了。

小林清之介

小林清之介

1920 年生于东京，曾在动物学者岛春雄、昆虫学者石井悌等人的指导下饲养并观察野鸟、昆虫及其他小动物，多年来致力于动物资料的收集活动。

1962 年以后开始作家生涯，不仅为成人撰写动物随笔、动物启蒙说明，还专为儿童撰写了不少有趣的动物故事，近年来在俳句方面的著述也颇丰。

主要著述有：面向成人的《麻雀的四季》（全集日本动物志 2）（讲谈社）、《季语深耕·鸟》《季语深耕·虫》（角川书店）、《日本的小动物志——昆虫与野鸟》（每日新闻社）、《动物五百句》（明治书院），面向儿童的《日本昆虫记》全五卷（翌桧书房）、《野鸟的四季》（第 23 届小学馆文学奖）（小峰书店）、《法布尔（传记）》（行政）等书。

高桥清

少年时期即对昆虫和花草感兴趣，成年后从事油画创作，同时活跃于动植物与昆虫相关的绘本和插图领域。

著有《法布尔昆虫记（全 10 卷）》的插图等数种（翌桧书房），绘本方面则有《道旁的四季》等数种（福音馆书店），另外，还在各出版社从事昆虫、植物等自然生态类的插图、图鉴的创作。

参加过“行动美术协会会员（油画）壳奖展”“安井奖展”等画展。日本理科美术协会会员。

版权登记号：01–2016–6598

图书在版编目（CIP）数据

松鼠旗尾的冒险／（日）小林清之介文；（日）高桥清图；王维幸译．——北京：中国人口出版社，2017.11
（西顿动物记）

ISBN 978–7–5101–4681–7

Ⅰ．①松… Ⅱ．①小…②高…③王… Ⅲ．①儿童故事－图画故事－日本－现代 Ⅳ．①I313.85

中国版本图书馆CIP数据核字（2016）第231459号

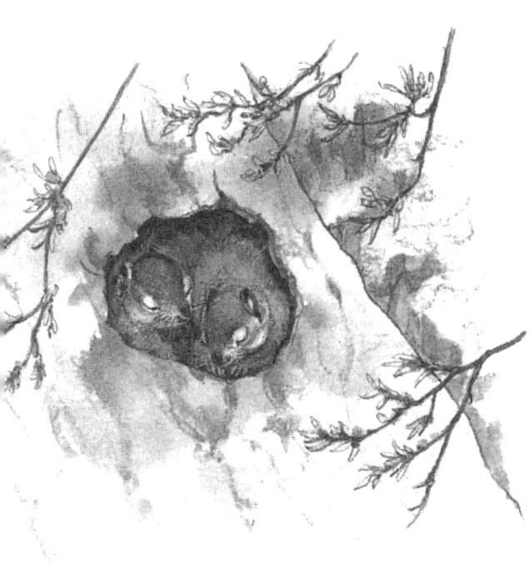

西顿动物记

松鼠旗尾的冒险

出版发行	中国人口出版社
社　　长	邱　立
责任编辑	张文超
特约编辑	魏亚西
印　　刷	北京中科印刷有限公司
书　　号	978–7–5101–4681–7
开　　本	787mm×1092mm　1/16
印　　张	6
字　　数	40千字
版　　次	2017年11月第1版
印　　次	2017年11月第1次印刷
网　　址	www.rkcbs.net
电子邮箱	rkcbs@126.com
总编室电话	(010)83519392
电　　话	(010)83534662
传　　真	(010)83518190
地　　址	北京市西城区广安门南街80号中加大厦
邮　　编	100054
定　　价	35.80元

绿色印刷　保护环境　爱护健康

亲爱的读者朋友：

本书已入选“北京市绿色印刷工程——优秀出版物绿色印刷示范项目”。它采用绿色印刷标准印制，在封底印有“绿色印刷产品”标志。

按照国家环境标准（HJ2503-2011）《环境标志产品技术要求 印刷 第一部分：平版印刷》，本书选用环保型纸张、油墨、胶水等原辅材料，生产过程注重节能减排，印刷产品符合人体健康要求。

选择绿色印刷图书，畅享环保健康阅读！

北京市绿色印刷工程

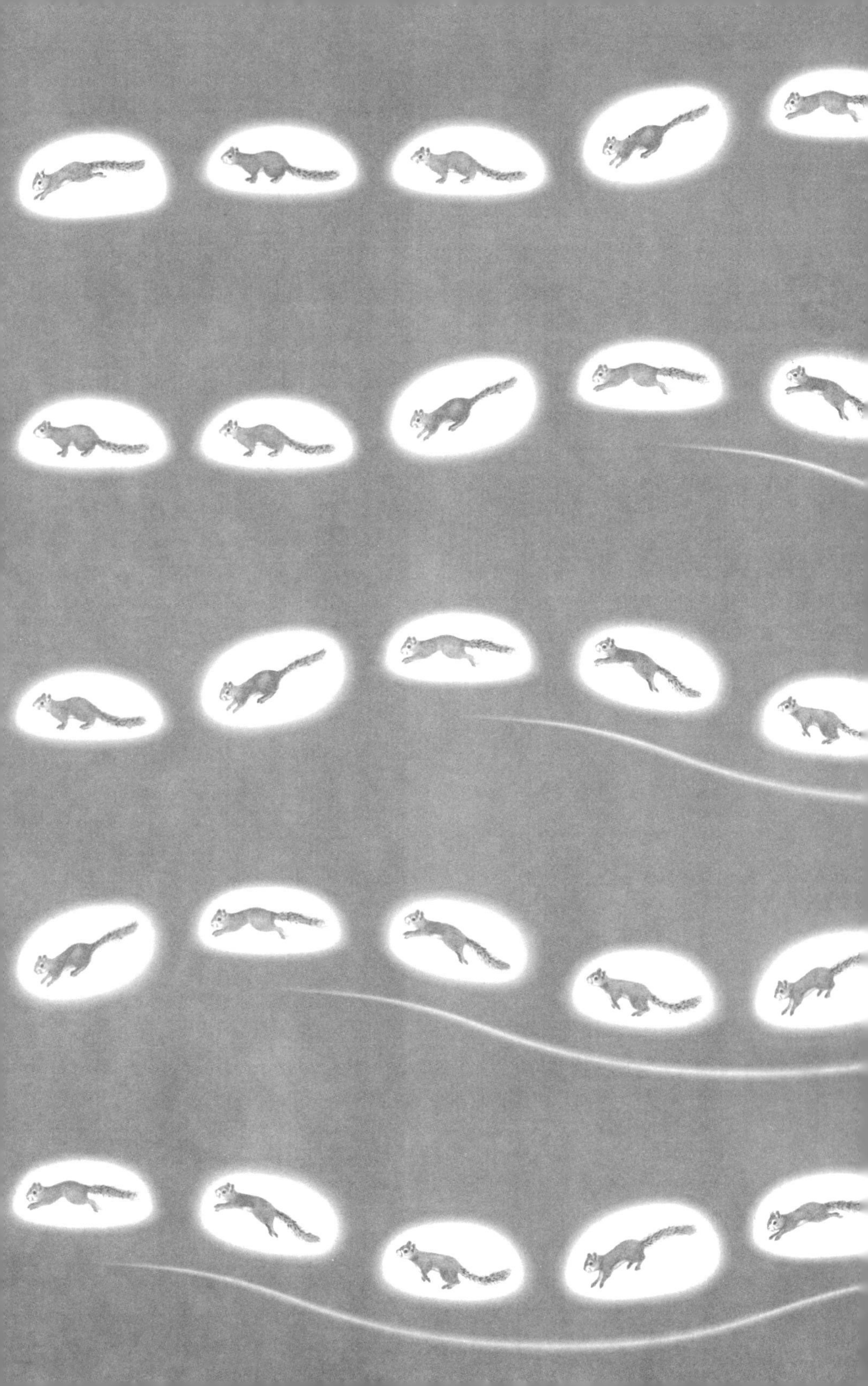